AF399826

Analyse de l'œuvre

Par Éléonore Quinaux
et Claire Mathot

Meursault, contre-enquête

de Kamel Daoud

lePetitLittéraire.fr

Rendez-vous sur lepetitlitteraire.fr et découvrez :

Plus de 1200 analyses
Claires et synthétiques
Téléchargeables en 30 secondes
À imprimer chez soi

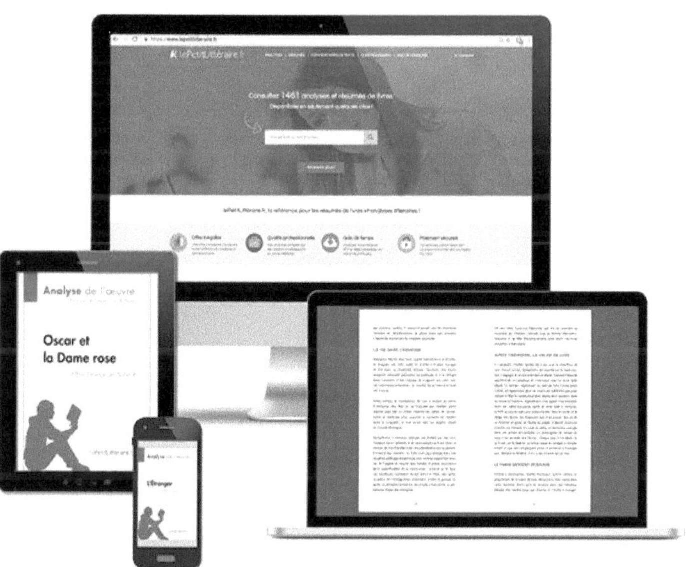

KAMEL DAOUD 9

MEURSAULT, CONTRE-ENQUÊTE 13

RÉSUMÉ 17

Une disparition totale
D'un meurtre à un autre
Haroun et l'Algérie, enfin libres ?

ÉTUDE DES PERSONNAGES 27

Haroun Ouled el-assasse
Moussa Ouled el-assasse
La mère
Meriem

CLÉS DE LECTURE 35

Le témoignage d'une époque
Une œuvre en continuité
L'absurde

PISTES DE RÉFLEXION 51

POUR ALLER PLUS LOIN 55

KAMEL DAOUD

AUTEUR ET JOURNALISTE ALGÉRIEN D'EXPRESSION FRANÇAISE

- **Né en 1970 à Mostaganem (Algérie)**
- **Quelques-unes de ses œuvres :**
  - *La Fable du nain* (2003), roman
  - *L'Arabe et le Vaste Pays de Ô* (2008), nouvelle
  - *Le Minotaure 504* (2011), recueil de nouvelles

Après avoir suivi un cursus universitaire en littérature, Kamel Daoud décide d'écrire en français, trouvant la langue arabe trop chargée d'idéologie. C'est avant tout comme journaliste qu'il se fait connaitre en Algérie. Entré en 1994 au *Quotidien d'Oran*, il y publie des chroniques avant d'en devenir le rédacteur en chef. Engagé, il participe aux manifestations du Printemps arabe (2010-2013) en 2011.

Il publie la même année son recueil de nouvelles, *Le Minotaure 504*, retenu notamment pour le prix Goncourt de la nouvelle. Sensibilisé à la politisation de l'islam et à l'ampleur que prennent les mouvements religieux, il décide d'écrire *Meursault, contre-enquête*, une réécriture de *L'Étranger* (1942) d'Albert Camus (écrivain français, 1913-1960) sous un nouvel angle, pour faire prendre conscience à l'Algérie de ses dysfonctionnements.

MEURSAULT, CONTRE-ENQUÊTE

UNE IDENTITÉ NATIONALE EN PERDITION

- **Genre :** roman sociologique
- **Édition de référence :** *Meursault, contre-enquête*, Paris, Actes Sud, 2014, 160 p.
- **1ʳᵉ édition :** 2013 (Algérie), 2014 (France)
- **Thématiques :** crime, identité, Algérie, Albert Camus, absurde, existence

Meursault, contre-enquête est le premier roman de Kamel Daoud. Prix Goncourt du premier roman en 2015, ce récit, directement inspiré de *L'Étranger* de Camus, décide d'aborder un autre point de vue : celui de l'Arabe tué par Meursault, le protagoniste de l'œuvre camusienne.

L'écrivain cède la parole à un nouveau narrateur, Haroun, frère du défunt, qui cherche un sens à cette dépersonnalisation de la victime chez Camus.

Au lendemain du Printemps arabe, il souhaite que ses concitoyens – au même titre que tout lecteur – prennent conscience des nouveaux enjeux qu'implique la reconstruction d'un pays : améliorer la situation du peuple, marquer son autonomie face aux puissances mondiales, se détacher de toute idéologie freinant les valeurs révolutionnaires et, surtout, ne pas mêler politique et dogmes religieux.

RÉSUMÉ

Dans *Meursault, contre-enquête*, un vieil homme raconte à un étudiant rencontré par hasard dans un bar à Oran (Algérie) l'assassinat de son frère. De cette rencontre fortuite émerge une histoire qui traverse l'époque de la recherche d'indépendance des Algériens. Bien vite, des similitudes avec un autre meurtre apparaissent : celui d'un « Arabe », raconté dans un livre, bien des années auparavant... Fasciné, ou peut-être étonné, l'étudiant écoute le vieil homme raconter, soir après soir, et ainsi rétablir la mémoire oubliée de son frère.

UNE DISPARITION TOTALE

Haroun Ouled el-assasse raconte à un étudiant l'assassinat de son frère, Moussa, en 1945, sur une plage proche d'Alger (Algérie). Ce crime a eu lieu dans des circonstances étranges (on n'a jamais retrouvé le corps, il n'y pas eu de réelle enquête sur ces faits) mais, bien davantage, le souvenir de Moussa a été effacé. Après sa condamnation, l'assassin, un Français nommé Meursault, a écrit un livre, *L'Autre*, dans lequel il raconte ce crime, mais en donnant une place tout à fait accessoire à Moussa, en avançant des éléments mensongers sur son compte (Moussa n'avait pas de sœur, ne trempait pas dans des activités crapuleuses) sans même le nommer (il est seulement surnommé « l'Arabe » dans ce livre).

Moussa est mort physiquement et a disparu (car on n'a pas retrouvé son corps), mais il meurt aussi symboliquement à chaque fois que des lecteurs lisent le livre de Meursault, l'apprécient et compatissent avec Meursault, sans se préoccuper de « l'Arabe ». À travers ce livre que tout le monde connait, le meurtre de Moussa est devenu une œuvre d'art, un accomplissement aussi bien littéraire, à travers l'écriture du livre, que philosophique, puisque Meursault justifie son geste par la mobilisation de l'absurde. La disparition de Moussa est donc totale, seul Haroun se rappelle qu'il a réellement vécu.

L'ÉTRANGER

Paru durant la Seconde Guerre mondiale (1939-1945), *L'Étranger*, appartenant au cycle de l'absurde de Camus, a pour narrateur Meursault, un Français employé de bureau à Alger qui vient de perdre sa mère. Tout au long du roman, il se caractérise par une profonde apathie et une indifférence marquée pour son environnement, dans lequel il ne semble avoir aucun point d'ancrage ; il subit simplement son existence.

Un jour, accompagnant l'un de ses amis à la plage, il lui prend des mains le révolver dont il allait se servir pour tuer son ennemi arabe. Quand Meursault revient plus tard sur les lieux, seul et toujours en possession du révolver, il croise le même individu. Dans un état presque hallucinatoire dû au soleil et à la chaleur, il tire et tue l'Arabe. Alors qu'il est arrêté et jugé pour son acte, le procès s'attarde davantage sur son insensibilité face au décès de sa mère plutôt que sur son crime.

Il reçoit sa sentence de mort avec la même indifférence. Lorsqu'un prêtre cherche à recueillir le repentir du condamné à mort, ce dernier s'emporte avec violence pour ensuite retrouver le même calme, la même nonchalance face à son destin.

D'UN MEURTRE À UN AUTRE

Haroun décide donc de donner sa version de la mort de Moussa, en opposition de celle de *L'Autre*, le livre écrit par Meursault. Il veut ainsi rendre sa place à Moussa, mais également expliquer à quel point la mort de son frère a influencé toute sa vie et celle de sa mère.

Le jour de la mort de Moussa, Haroun n'avait que 7 ans. Le meurtre de Moussa est incompréhensible pour l'enfant, d'autant plus que sa mère lui cache dans un premier temps la vérité en parlant de la mort d'un voisin. Quand il comprend que son frère s'est fait tuer, les voisins affluent dans la maison pour venir présenter leurs condoléances. Haroun a du mal à saisir pourquoi les gens du quartier considèrent Moussa comme un héros.

Désormais, la mère de Moussa n'aura plus qu'une préoccupation : découvrir ce qui est réellement arrivé à Moussa et réhabiliter sa mémoire. Elle cherche ainsi des preuves et des témoins, passe à la morgue, à la police et là où Meursault a vécu, mais rien ne semble plus prouver que Moussa ait même réellement existé. Elle entraine Haroun dans sa recherche perpétuelle, qui tourne à l'obsession, et Haroun se sent obligé de la soutenir dans cette quête. La mère ne s'intéresse plus à Haroun en tant que tel, il n'existe plus que pour faire « revivre » Moussa (elle l'habille par exemple avec les vêtements de Moussa).

Quelque temps après la mort de Moussa, se rendant compte de l'impossibilité de trouver quelque vérité sur cet assassinat, la mère et Haroun déménagent à Hadjout, une ville à une soixantaine de kilomètres d'Alger, dans la campagne, et mènent une vie difficile : elle travaille en tant que bonne et l'enfant est garçon de corvées.

Après quelques années, la mère parvient à se faire engager comme femme de ménage dans une maison française, chez les Larquais. Haroun, devenu adolescent, est scolarisé et apprend le français ; grâce à cela, il parviendra à lire les deux seuls vieux articles de presse où l'on parlait de la mort de Moussa, en citant seulement les initiales de son frère. La mère de Moussa n'a pas pu vaincre son obsession, elle ne voit toujours le monde qu'à travers le prisme de la mort de Moussa.

Entretemps, la domination française s'est affaiblie en Algérie, et la guerre pour l'indépendance (1954-1962) est en cours. Les Larquais ont quitté la maison qu'Haroun et sa mère occupent.

Une nuit de l'été 1962, alors qu'un cessez-le-feu a été officiellement décrété, mais que des combats continuent, Joseph Larquais, un cousin de la famille, saute dans la cour de la maison pour s'y réfugier. La mère d'Haroun somme alors son fils d'exécuter le Français pour qu'enfin « les choses puissent redevenir comme avant » (p. 86).

Bien que ce Français ne soit pas menaçant envers eux et qu'Haroun souhaite s'affranchir de la domination de sa mère, ce dernier tire et tue Joseph Larquais.

Cet acte libère enfin la mère de son obsession : « [...] elle venait de retirer son immense vigilance à l'univers et pliait bagage pour s'en aller rejoindre sa vieillesse enfin méritée. » (*ibid.*) Haroun semble lui aussi avoir retrouvé une forme d'équilibre, mais ce meurtre lui fait prendre également conscience de l'absurdité de l'existence.

HAROUN ET L'ALGÉRIE, ENFIN LIBRES ?

Le 5 juillet 1962, l'Algérie déclare son indépendance. Après avoir enterré et caché le cadavre de Joseph Larquais, Haroun est fait prisonnier et interrogé : on l'accuse surtout de ne pas avoir pris part à la guerre d'Indépendance et d'être ainsi un traitre. La mère plaide en sa faveur et présente Moussa comme un martyr de la patrie. Finalement, Haroun est relâché.

Après cet épisode, Haroun, alors jeune adulte, décide d'enquêter lui-même à Alger sur la mort de son frère. Cependant, il se rend compte du ridicule de sa démarche et rentre à Hadjout. Le meurtre de Joseph Larquais n'a pas libéré Haroun, car celui-ci réalise l'absurdité de la vie : elle n'a pas de sens, et peut nous être enlevée à tout instant. Haroun n'a même pas été puni pour son acte ! Il éprouve une impression de vide.

Seule une brève histoire d'amour avec Meriem, une étudiante qui souhaite enquêter sur la mort de Moussa, donne un peu d'intensité à sa vie. Étudiante en lettres, la jeune fille a été fascinée par le livre de Meursault et souhaite réaliser un doctorat sur ce livre. C'est un choc pour Haroun et sa mère : Meriem est la première personne à s'intéresser à Moussa, à s'interroger sur son décès et à retrouver sa famille. Le choc est également dû à la découverte de ce livre, dont ils ignoraient la parution.

Haroun s'inquiète de plus en plus pour l'Algérie et son peuple, qu'il juge immobiliste. Bien que le pays ait gagné son indépendance par des combats, il semble que les gens ne tirent pas profit des améliorations que les Français ont apportées.

Bien des années après, le vieux Haroun maintient son opinion. Non seulement l'Algérie n'a pas évolué d'un point de vue économique et social depuis l'Indépendance, mais elle s'est aussi enfoncée dans un dangereux conservatisme religieux. Haroun ne souhaite pas être désigné sous le terme d'« Arabe », comme son frère 50 ans auparavant, mais il ne se sent pas non plus « Algérien », il ne se sent pas faire partie de cette nation. Il ne reconnait plus son pays et souhaite que l'Algérie puisse sortir de son immobilisme.

ÉTUDE DES PERSONNAGES

HAROUN OULED EL-ASSASSE

Haroun est le personnage principal et le narrateur du récit. C'est un vieil homme qui, selon son point de vue et ses valeurs, raconte à un étudiant sa version de l'histoire de l'assassinat de son frère, Moussa. Celui-ci est connu par tous comme « l'Arabe », nommé ainsi par Meursault, son assassin.

À travers le prisme de ce récit, Haroun s'insurge et représente une forme de rébellion contre, d'une part, l'absurdité de l'existence et, d'autre part, le destin peu réjouissant de l'Algérie et des Algériens depuis l'Indépendance.

Haroun se définit lui-même comme un « gardien » ou un « veilleur » (le nom de famille, qu'il a hérité de son père absent, Ouled-el-assasse, signifie « les fils du gardien »). Haroun est le gardien de la mémoire de son frère assassiné, puisqu'il ne reste rien de lui, ni son corps ni son nom. La vie d'Haroun, depuis qu'il a 7 ans, est marquée par le meurtre absurde de son frère.

Avant cela, Haroun était un enfant sans histoire, déjà très effacé par la relation entre sa mère et son frère ainé, marquée par l'absence de leur père. À la mort de Moussa, sa mère ne vit plus qu'à travers le prisme de la mort de celui-ci, au point d'effacer la personnalité du fils qu'il lui reste. Ainsi, elle emmène Haroun avec elle dans ses recherches, semble parfois le prendre pour Moussa, et va jusqu'à l'inciter à commettre un meurtre pour rétablir la justice. Haroun n'a donc jamais pu affirmer sa personnalité ou entreprendre une vie à lui ; il n'a jamais réellement pu lier des relations personnelles avec quelqu'un, pas même avec Meriem, la seule femme qu'il dit avoir réellement aimée.

Si Haroun s'obstine malgré lui à répondre aux demandes de sa mère et à mener une enquête sur la mort de son frère, cet entêtement prend fin à partir du jour où il assassine un homme sous l'influence de sa mère. Cet évènement marque en effet sa prise de conscience de l'absurdité du monde. Il n'y a pas de sens à la vie, et le temps que les hommes mettent parfois pour en chercher un est une preuve supplémentaire de l'absurdité de l'existence. Haroun s'interroge sans cesse sur le vide ; il n'est ni réellement agnostique (se dit de quelqu'un qui refuse de s'intéresser aux questions métaphysiques, car elles n'ont pas de réponse) ni athée (se dit de quelqu'un qui affirme qu'il n'y a pas de dieu), tout en considérant qu'il est inutile de chercher du recours dans la religion.

Haroun représente également une forme de rébellion face au destin de l'Algérie, qu'il considère comme gâché depuis l'Indépendance. Il considère que les Algériens n'ont pas su mettre à profit la liberté acquise depuis l'Indépendance pour faire évoluer leur pays et qu'ils confondent la politique, la société et la religion. Pour lui, la religion ne doit pas s'institutionnaliser au sein d'un État, mais demeurer dans le domaine privé.

MOUSSA OULED EL-ASSASSE

Moussa était le frère ainé d'Haroun, et il a été assassiné sans raison apparente par Meursault sur une plage proche d'Alger en 1945. Si Moussa était grand et fort, avait un caractère irascible, portait des tatouages ou aurait eu une relation amoureuse avec une certaine Zoubida, fille que sa mère trouvait dévergondée, l'important était surtout qu'il avait une vie, comme tout le monde.

Moussa a ensuite été « effacé » du monde en étant assassiné par Meursault. On ignore pourquoi il se trouvait sur la plage, ce jour-là, en début d'après-midi. On ne retrouve rien de lui, ni son corps, ni son nom, que ce soit dans le journal (juste ses initiales) ou dans le roman écrit par Meursault après son crime, dans lequel il est seulement cité comme étant « l'Arabe ». La mère de Moussa finit par lui faire ériger une tombe, mais cette tombe est vide. Aucune enquête sur la famille du défunt n'est entamée, personne n'est venu les interroger.

Moussa s'inscrit donc surtout dans le récit par sa disparition, et Haroun s'insurge contre cette disparition. Par sa mort irrésolue, Moussa fait peser un poids sur les épaules de sa mère et d'Haroun. Haroun surnomme son frère « zoudj », ce qui en arabe signifie « deux », car il est mort à deux heures de l'après-midi, mais c'est également une image du double, du jumeau qu'Haroun se représente.

Alors qu'avant sa mort, les relations de Moussa et sa mère étaient conflictuelles (il semblait lui reprocher quelque chose quant à la disparition de son père), la mère tente sans cesse, après sa mort, de lui rendre justice en réhabilitant sa mémoire, en cherchant des informations sur lui et en essayant de le faire reconnaitre comme un martyr de la guerre d'Algérie. En effet, juste après sa mort, il est vu comme un héros dans le quartier pour des raisons assez floues (peut-être parce qu'il se serait opposé à un Français pour défendre l'honneur d'une femme arabe).

Quoi qu'il en soit, le souvenir de Moussa disparait petit à petit jusqu'à ce que seuls sa mère et son frère soient condamnés à le faire sans cesse revivre, mission dont le poids écrase Haroun.

LA MÈRE

Originaire des montagnes algériennes, la mère de Moussa et d'Haroun est mariée de force à un inconnu, dont elle aura deux fils. Par la suite, l'homme disparait sans laisser de trace. Elle perd alors tout contact avec sa famille et ne se remarie jamais. Bonne à tout faire, puis femme de ménage, elle travaille sans arrêt.

Peu après la mort de Moussa, la mère quitte Alger pour la campagne avec son fils cadet, car ses recherches sur le meurtre ne la mènent nulle part. Hélas, que cette femme se trouve en ville ou en milieu rural, sa peine ne s'apaise pas : elle souhaite à tout prix connaitre la vérité sur l'assassinat de son fils.

Obsédée par son enquête, celle-ci se mue rapidement en folie. Entrées intempestives dans des demeures qui lui sont interdites, insultes proférées à une vieille dame française qu'elle croit être de la famille de Meursault, ou encore tentative d'extorsion d'informations détenues par la police : tout est bon pour récolter des indices. Pour rester insoupçonnée de ces méfaits, elle porte un deuil exemplaire, souvent surjoué. Érigeant son fils en martyr, elle ne se sentira libérée qu'au moment du meurtre commis par son cadet. La vieillesse l'enfermera dans un mutisme total et dans un corps de plus en plus raide.

MERIEM

Algérienne née dans un village de campagne, Meriem est issue d'une famille traditionaliste où la femme n'a rien à dire. Malgré cela, la jeune fille refuse ces valeurs et rejette totalement la figure paternelle à cause de son père polygame. Très cultivée, elle échappe à son milieu en entreprenant des études de lettres à l'université d'Alger. Elle représente la femme libérée, qui ne craint pas son corps et qui refuse d'être opprimée.

C'est dans le cadre de ses cours qu'elle décide de rédiger une thèse sur *L'Autre*. Retrouvant la famille de la vraie victime du récit, Moussa, elle leur transmet le livre. Haroun tombe sous le charme de cette belle femme, et ils vivent une courte relation que le jeune homme prend très au sérieux. Meriem reste trois mois dans le village et vient souvent attendre Haroun sur son lieu de travail lors de la pause de midi. Grâce à elle, Haroun perfectionne son français à travers les nombreux livres qu'elle lui donne. De retour à Alger, elle continue à lui écrire pendant huit mois, puis cesse pour des raisons inconnues.

CLÉS DE LECTURE

LE TÉMOIGNAGE D'UNE ÉPOQUE

À partir de la seconde moitié du XIXe siècle, de plus en plus d'auteurs de la littérature française choisissent d'écrire, alors qu'ils sont confrontés à des changements sociétaux majeurs (société industrialisée et capitaliste, question ouvrière, etc.), sur l'époque qui leur est contemporaine, en délaissant les mondes plus imaginaires. Les romanciers tiennent à peindre la réalité, la vie quotidienne, les joies et les difficultés des hommes de leur temps.

De grands noms nous sont restés de cette période, comme Honoré de Balzac (écrivain français, 1799-1850) ou Émile Zola (écrivain français, 1840-1902), aujourd'hui considéré comme le chef de file du naturalisme, un courant littéraire qui voulait conscientiser le public face aux problèmes et aux dérives de la société.

Meursault, contre-enquête présente des similitudes avec ce type de romans. Bien que cette œuvre ne présente pas à proprement parler un témoignage de l'époque contemporaine, Kamel Daoud a écrit ce texte en observant la société algérienne actuelle, héritière de la guerre d'Algérie. Son personnage principal, Haroun, fait le lien entre l'avant-Indépendance (avant 1962) et le présent (puisque les scènes durant lesquelles le vieil Haroun raconte son histoire à l'étudiant doivent se dérouler vers les années 2010, au moment de l'écriture du roman).

LA GUERRE D'ALGÉRIE

L'Algérie a été une colonie française pendant plus d'un siècle (1830-1962) : ce territoire était gouverné par la France et le peuple qui y vivait, Algériens de souche ou descendants de colons français, était dépendant des lois et du pouvoir français.

De 1954 à 1962, des insurgés algériens qui luttaient pour plus de droits collectifs et individuels se sont opposés à l'État français.

Cette guerre s'est principalement déroulée en Algérie, avec de nombreux conflits armés meurtriers, mais a aussi eu des répercussions sur le territoire français métropolitain (attentats, manifestations, etc.)

En juillet 1962, la France accorde à l'Algérie un droit d'autodétermination pour mettre fin au conflit, et le pays déclare son indépendance. À cette période, de nombreux habitants d'origine européenne quittent précipitamment l'Algérie, par peur de répercussions sanglantes.

Dans *Meursault, contre-enquête*, Haroun évoque la difficulté de l'Algérie à se relever après la guerre d'Indépendance.

Il condamne l'immobilisme de la population algérienne qui ne tente pas de faire évoluer les choses. Selon lui, même si les Français ont colonisé le pays par la force, ils ont tout de même apporté des modernisations au niveau de l'éducation, de l'emploi et des industries. Après le départ précipité des colons, les réalisations françaises sont laissées à l'abandon.

Le narrateur, une fois vieux, désapprouve également la politique influencée par l'islam radical, tout comme le fait que l'Algérie n'a pas su profiter des revendications du Printemps arabe pour obtenir plus de démocratie et de droits dans le pays. Il reproche également à la société algérienne de se refermer sur elle-même et sur la religion, au lieu de tenter de prendre une place plus importante sur la scène internationale.

Le Printemps arabe

Le Printemps arabe est le nom donné à une période d'environ deux ans, durant laquelle plusieurs révolutions ont eu lieu simultanément dans divers pays arabes. En Tunisie, en Égypte et en Libye, de nombreuses manifestations, grèves et émeutes forcent les chefs d'États, qui s'étaient imposés à travers des coups d'État et gouvernaient en dictateurs, à quitter ces pays.

Dans d'autres pays du Maghreb et du Proche-Orient, et notamment en Algérie, cette période de contestations est surtout une période de manifestations pour plus de démocratie et de transparence politique dans les gouvernements.

Cependant, contrairement aux pays voisins, le Printemps arabe ne produit pas d'importants changements au niveau politique ou institutionnel en Algérie.

Dans de nombreux pays, on considère que le fait que le Printemps arabe n'a pas pu donner lieu à un renouvèlement démocratique a favorisé l'éclosion ou le renforcement de mouvements islamistes radicaux.

UNE ŒUVRE EN CONTINUITÉ

Pour rédiger son roman, Kamel Daoud s'est inspiré de deux ouvrages de Camus : *L'Étranger*, auquel il donne une sorte de prolongement, et *La Chute* (1956).

Cette tradition de la reprise d'une œuvre connue pour lui ajouter un autre pan n'est pas un procédé original de Daoud. Déjà au Moyen Âge, les romans arthuriens, qui jouissent d'un immense succès, connaissent de nombreuses suites.

Ainsi, la quête du Graal (mythe développé au XIIIᵉ siècle) n'en finit pas d'être réinventée, alternant les différents points de vue, celui du chevalier, du magicien, des diverses dames, etc.

Ainsi, telles les continuations des aventures du roi Arthur dans lesquelles Gauvain, son neveu, devient le héros, nous retrouvons ici la poursuite de l'absurde de Camus dans une construction romanesque où Meursault cède sa place à Haroun.

Au niveau formel, Daoud s'est imposé une règle concernant *L'Étranger* : obtenir un nombre de mots proche de celui du roman dont il se veut une suite – soit 32 272 mots.

Il fait également de nombreuses références directes au roman de Camus et ponctue son texte de citations – allant du long paragraphe aux quelques phrases éparses – reprises de celui-ci. Ainsi, lors de l'arrestation d'Haroun, nous pouvons lire : « On me jeta dans ma cellule, j'avais un baquet d'aisances et une cuvette de fer. La prison était située au centre du village […]. » (p. 111)

De plus, *Meursault, contre-enquête* procède par effet de miroir : Haroun représente le double de Meursault, mais avec une focalisation opposée. Ainsi, s'ils subissent tous deux leur vie, Meursault vit les évènements du point de vue français, tandis qu'Haroun adopte la perspective arabe.

- Dans *L'Étranger*, il est impossible pour Meursault de parvenir à faire parler les Algériens. Si quelques voisins ou habitants des quartiers fréquentés par les Français lui répondent, ils le font toujours de manière vague. Ces derniers refusent de parler à un colon, par peur et parce que Meursault symbolise l'oppresseur. Les Algériens préfèrent donc rester silencieux et ne pas se mêler de l'histoire de l'étranger. Dans *Meursault, contre-enquête*, c'est l'inverse. Aucun témoignage de Français n'est rapporté – le seul qui ait un vrai rôle est cet étudiant auquel le narrateur s'adresse tout au long du livre. Les colons ne racontent pas l'histoire du meurtre de Moussa, ils ne témoignent pas, ils ne cherchent pas à rétablir la vérité que masque le roman de Meursault.
- L'aversion d'Haroun pour le vendredi, équivalent du dimanche pour les chrétiens, et son dégout du monde après son crime rappellent constamment son double littéraire camusien, indifférent au monde et détestant le dimanche.
- À la fin du roman, Haroun a une discussion avec un imam, qui renvoie en miroir à la discussion de Meursault avec le prêtre à la fin de *L'Étranger*.

Outre cet effet de miroir entre les deux œuvres, celles-ci présentent également des similitudes entre elles, ou des liens qui les rapprochent.

- Haroun et Meursault ont tous deux eu un questionnement sur l'absurdité de l'existence, dont le point de départ est le meurtre absurde d'un homme.
- Après le meurtre, on reproche à Haroun ne de pas avoir pris part à la révolte armée et à Meursault de ne pas avoir pleuré sa mère ; mais à aucun des deux on ne reproche véritablement d'avoir tué un homme.
- Haroun sort avec une Meriem, Meursault avec une Marie (ce sont les mêmes prénoms, l'un arabisé, l'autre francisé).
- Moussa et Meursault ont des prénoms qui commencent tous les deux par la lettre « M », ce qui accentue l'idée d'un lien entre assassin et victime.
- Si Haroun a toujours sa mère tandis que Meursault l'a perdue, les deux romans jouent sur la même phrase dès l'incipit. Ainsi, *L'Étranger* commence par « Aujourd'hui maman est morte » (Camus A., *L'Étranger*, Paris, Gallimard, coll. « Folio », 1971, p. 9) et

Meursault, contre-enquête par « Aujourd'hui M'ma est encore vivante » (p. 11). De plus, si la mère d'Haroun n'est pas défunte, elle ne fait pas non plus entièrement partie du monde des vivants, car elle n'existe que dans le deuil de son fils ainé et finit par plonger dans un mutisme complet en fin de vie.

- Le motif de la tombe vide et de la tombe disparue dresse également un parallèle entre les deux textes. Moussa a une tombe fictive puisque son corps n'y est pas présent. Quant à la scène de l'enterrement dans *L'Étranger*, bien que fortement détaillée, elle apparait comme une mascarade lorsqu'Haroun explique que la tombe de la mère de Meursault n'a jamais été retrouvée.

Les références à *La Chute* sont surtout présentes dans la forme que prend le récit, celle de la confession du narrateur à un inconnu dans un bar. Ainsi, tel l'avocat Clamence, protagoniste du roman de Camus, Haroun se livre à un étudiant dans un café d'Oran, le *Titanic*. Dans le roman de Camus, l'entretien a également lieu dans un café, le *Mexico-City* à Amsterdam. Il faut évidemment voir derrière cet universitaire anonyme tout lecteur, tout Algérien, toute personne qui pourrait s'intéresser à ce récit.

L'utilisation du discours direct et les apostrophes à l'étudiant à qui Haroun raconte son histoire ont un effet particulier, celui de plonger le lecteur dans l'histoire. De cette manière, le lecteur est directement témoin du récit. L'étudiant peut donc être identifié comme narrataire (personne à qui un narrateur adresse son récit), mais le lecteur est également un narrataire évident. Cette manière d'écrire de Kamel Daoud correspond aussi aux intentions de son personnage, Haroun, qui souhaite transmettre le souvenir de son frère mort, Moussa.

LA CHUTE

La Chute raconte la confession de Jean-Baptiste Clamence à un inconnu dans un bar d'Amsterdam. L'ancien avocat parisien éprouve le besoin de livrer l'évènement qui a bouleversé son existence : le suicide d'une jeune fille, qui s'est jetée d'un pont alors qu'il rentrait chez lui. Alors qu'elle se noie devant lui, il décide pourtant de ne pas lui porter secours. Lui qui était égoïste et narcissique, personnification de l'humanité qui n'aime que le divertissement et qui fuit toute responsabilité, remet alors progressivement toute son existence en question. Sa vie ne peut plus être la même : il éprouve des remords et de la culpabilité. À travers cet incident, il réalise un examen de son « moi », qui l'amène à la révulsion envers le genre humain.

L'ABSURDE

L'Étranger de Camus est une application directe de sa théorie de l'absurde qu'il a plus amplement développée dans son essai *Le Mythe de Sisyphe* (1942). D'après l'existentialiste (se dit de celui qui considère que l'homme est l'unique maitre de son destin), l'absurde est contenu dans la vie elle-même : quel sens peut avoir cette dernière si chaque jour l'homme reproduit inlassablement les mêmes gestes ?

Camus compare la vie à l'histoire de Sisyphe, personnage issu de la mythologie grecque, qui est condamné à pousser un rocher jusqu'au sommet d'une montagne. Une fois la tâche effectuée, l'énorme pierre dévale la pente, et l'homme se doit de répéter son châtiment à l'infini. Se rendre compte du caractère absurde de la vie n'est pas donné à tout le monde, et ceux qui s'en aperçoivent éprouvent subitement un sentiment de dégout : Meursault l'exprime par son apathie, et Haroun par sa révolte envers une existence si facilement réduite à néant.

Ce qui est absurde en réalité, c'est le temps que l'homme consacre à tenter de conférer un sens à sa vie. Ce besoin de rechercher du sens là où l'être humain est incapable d'en trouver est caractéristique de la quête de preuves et d'indices dans laquelle se lancent Haroun et sa mère pour élucider l'assassinat de Moussa.

Camus explique également dans *Le Mythe de Sisyphe* que le recours à la religion est un leurre, car elle ne fait que remplir de façon illusoire le vide de sens que l'homme ne parvient pas à combler.

Ainsi, dans le roman de Daoud, Haroun rejette également le divin. Succomber à la religion tient du suicide philosophique pour l'existentialiste ; il recommande donc à l'homme d'affronter seul son existence, même en étant conscient de son absurdité, car personne ne connait son réel objectif.

La prise de conscience de l'absurdité de la vie conduit à une révolte. Cette révolte, Haroun l'entame au moment où il devient lui-même un criminel et refuse de continuer à être le pantin de sa mère. S'il fait face au problème, il sait pourtant au fond de lui que ce combat n'apportera rien. Ses paroles se font d'ailleurs l'écho d'un doute permanent :

> « À quoi bon supporter l'adversité, l'injustice ou même la haine d'un ennemi, si l'on peut tout résoudre par quelques simples coups de feu […]. J'ai tué et, depuis, la vie n'est plus sacrée à mes yeux […] À chaque élan du désir, je savais que le vivant ne reposait sur rien de dur. Je pouvais le supprimer avec une telle facilité que je ne pouvais l'adorer – ç'aurait été me leurrer. » (p. 101)

Une fois l'acte commis, il comprend que son existence aura toujours une saveur aigre et qu'il ne l'a pas améliorée en perpétrant ce crime.

Le meurtre apparait telle une révélation de l'absurdité de sa vie, et dépouille celle-ci de ses richesses et de ses valeurs. Cette fois, Haroun en est pleinement conscient. Pourtant, il se doit de continuer à vivre en pleine connaissance de cause.

Il s'isole alors de la masse, des idées communes et de toute attache religieuse ou familiale. Ainsi, libéré de toute contrainte, il vit une série de moments de lucidité face au monde : les sensations qu'il éprouve dans le cimetière où son frère n'a finalement qu'un cénotaphe en guise de tombe lui permettent de se sentir vivant et de prendre conscience que sa vie est ailleurs, qu'il ne doit pas se contenter d'attendre sa fin. De même, les petits plaisirs au contact de Meriem ou l'observation des foules du haut de son balcon lui prouvent qu'il n'est pas mort comme son frère : s'il a jusqu'ici obéi à sa mère et a, par abnégation, oublié de vivre, il est temps pour lui de prendre les rênes de son existence, de continuer à se révolter.

Si l'absurde ne pardonne pas le crime, la vie est telle que le meurtre n'entraine pas le remords. Toutefois, on peut également choisir d'accomplir des actes pour le bienfait de l'humanité. C'est cette autre facette du concept camusien que

Daoud pointe dans son roman : il est temps que l'Algérie évolue et devienne un pays correctement dirigé, au-delà de tout sectarisme ou mouvement religieux, pour pouvoir enfin être réellement libre – sinon, pourquoi s'est-elle révoltée ?

Meursault, contre-enquête est un roman riche de thématiques et de propos philosophiques très en phase avec l'époque actuelle. Kamel Daoud interroge la société algérienne passée et présente, avec ses difficultés et ses contradictions (religieuses, politiques), mais il écrit aussi une œuvre dans la continuité de celle d'Albert Camus, en réactualisant et en interrogeant la théorie de l'absurde. Il lance enfin des pistes de questionnements sur le livre comme objet culturel (qui marque son époque) ainsi que comme objet de transmission d'une pensée.

PISTES DE RÉFLEXION

QUELQUES QUESTIONS POUR APPROFONDIR SA RÉFLEXION...

- Comparez les personnages de Meursault, de Moussa et d'Haroun. Quelles sont leurs similitudes et leurs différences ?
- De quelle façon la théorie de l'absurde introduite dans *Le Mythe de Sisyphe* est-elle bien représentée dans ce roman ?
- Pensez-vous que reprendre des passages de *L'Étranger* soit une forme de plagiat ? Pourquoi ?
- Quelles sont les similitudes entre le style d'Albert Camus et celui de Kamel Daoud ?
- Connaissez-vous d'autres romans qui ont fait l'objet d'un tel travail de réécriture ?
- Le désespoir vous semble-t-il un motif suffisant pour en venir au meurtre ? Rédigez un réquisitoire ou un plaidoyer pour le personnage d'Haroun, coupable de meurtre.
- Comparez la vie d'Albert Camus à celle de Kamel Daoud. Qu'ont-ils en commun ?

- Selon vous, qu'apporte l'utilisation de l'écrit fictionnel dans la transmission d'une pensée ou de questionnements philosophiques ?
- L'Alger des Français tel que présenté par Haroun correspond-il à l'Alger de l'occupation française ? Comparez la réception du roman en France et en Algérie.
- Documentez-vous sur le Printemps arabe et l'actualité algérienne. Décrivez ensuite le contexte sociopolitique dans lequel Daoud a écrit son roman. À la lumière de vos recherches, y a-t-il dans celui-ci un message actuel pour le peuple algérien ?

Votre avis nous intéresse !
Laissez un commentaire sur le site de votre
librairie en ligne
et partagez vos coups de cœur sur les réseaux
sociaux !

POUR ALLER PLUS LOIN

ÉDITION DE RÉFÉRENCE

- DAOUD K., *Meursault, contre-enquête*, Paris, Actes Sud, 2014.

ÉTUDES DE RÉFÉRENCE

- BAFARO G., *Le roman réaliste et naturaliste*, Paris, Ellipses, 1995.

- CAMUS A., *L'Étranger*, Paris, Gallimard, coll. « Folio », 1971.

- CAMUS A., *La Chute*, Paris, Gallimard, coll. « Folio », 1972.

- CAMUS A., *Le Mythe de Sisyphe*, Paris, Gallimard, coll. « Folio Essai », 1985.

- THÉPAUT Ch., *Le monde arabe en morceaux. Des printemps arabes à Daech*, Malakoff, Armand Colin, 2017.

Retrouvez notre offre complète sur lePetitLittéraire.fr

- des fiches de lectures
- des commentaires littéraires
- des questionnaires de lecture
- des résumés

ANOUILH
- Antigone

AUSTEN
- Orgueil et
  Préjugés

BALZAC
- Eugénie Grandet
- Le Père Goriot
- Illusions perdues

BARJAVEL
- La Nuit des
  temps

BEAUMARCHAIS
- Le Mariage
  de Figaro

BECKETT
- En attendant
  Godot

BRETON
- Nadja

CAMUS
- La Peste
- Les Justes
- L'Étranger

CARRÈRE
- Limonov

CÉLINE
- Voyage au bout
  de la nuit

CERVANTÈS
- Don Quichotte
  de la Manche

CHATEAUBRIAND
- Mémoires
  d'outre-tombe

**CHODERLOS
DE LACLOS**
- Les Liaisons
  dangereuses

CHRÉTIEN DE TROYES
- Yvain ou le
  Chevalier au lion

CHRISTIE
- Dix Petits Nègres

CLAUDEL
- La Petite Fille de
  Monsieur Linh
- Le Rapport
  de Brodeck

COELHO
- L'Alchimiste

CONAN DOYLE
- Le Chien des
  Baskerville

DAI SIJIE
- Balzac et la
  Petite
  Tailleuse chinoise

DE GAULLE
- Mémoires
  de guerre
  III. Le Salut.
  1944-1946

DE VIGAN
- No et moi

DICKER
- La Vérité sur
  l'affaire Harry
  Quebert

DIDEROT
- Supplément
  au Voyage de
  Bougainville

DUMAS
- Les Trois
  Mousquetaires

ÉNARD
- Parlez-leur
  de batailles,
  de rois et
  d'éléphants

FERRARI
- Le Sermon sur la
  chute de Rome

FLAUBERT
- Madame Bovary

FRANK
- Journal
  d'Anne Frank

FRED VARGAS
- Pars vite et
  reviens tard

GARY
- La Vie devant soi

GAUDÉ
- La Mort du
  roi Tsongor
- Le Soleil des
  Scorta

GAUTIER
- La Morte
  amoureuse
- Le Capitaine
  Fracasse

GAVALDA
- 35 kilos d'espoir

GIDE
- Les
  Faux-Monnayeurs

GIONO
- Le Grand
  Troupeau
- Le Hussard
  sur le toit

GIRAUDOUX
- La guerre de
  Troie
  n'aura pas lieu

GOLDING
- Sa Majesté des
  Mouches

GRIMBERT
- Un secret

HEMINGWAY
- Le Vieil Homme
  et la Mer

HESSEL
- Indignez-vous !

HOMÈRE
- L'Odyssée

HUGO
- Le Dernier Jour
  d'un condamné
- Les Misérables
- Notre-Dame
  de Paris

HUXLEY
- Le Meilleur
  des mondes

IONESCO
- Rhinocéros
- La Cantatrice
  chauve

JARY
- Ubu roi

JENNI
- L'Art français
  de la guerre

JOFFO
- Un sac de billes

KAFKA
- La Métamorphose

KEROUAC
- Sur la route

KESSEL
- Le Lion

LARSSON
- Millenium 1. Les
  hommes qui
  n'aimaient pas
  les femmes

LE CLÉZIO
- Mondo

LEVI
- Si c'est un
  homme

LEVY
- Et si c'était vrai…

MAALOUF
- Léon l'Africain

MALRAUX
- La Condition humaine

MARIVAUX
- La Double Inconstance
- Le Jeu de l'amour et du hasard

MARTINEZ
- Du domaine des murmures

MAUPASSANT
- Boule de suif
- Le Horla
- Une vie

MAURIAC
- Le Nœud de vipères

MAURIAC
- Le Sagouin

MÉRIMÉE
- Tamango
- Colomba

MERLE
- La mort est mon métier

MOLIÈRE
- Le Misanthrope
- L'Avare
- Le Bourgeois gentilhomme

MONTAIGNE
- Essais

MORPURGO
- Le Roi Arthur

MUSSET
- Lorenzaccio

MUSSO
- Que serais-je sans toi ?

NOTHOMB
- Stupeur et Tremblements

ORWELL
- La Ferme des animaux
- 1984

PAGNOL
- La Gloire de mon père

PANCOL
- Les Yeux jaunes des crocodiles

PASCAL
- Pensées

PENNAC
- Au bonheur des ogres

POE
- La Chute de la maison Usher

PROUST
- Du côté de chez Swann

QUENEAU
- Zazie dans le métro

QUIGNARD
- Tous les matins du monde

RABELAIS
- Gargantua

RACINE
- Andromaque
- Britannicus
- Phèdre

ROUSSEAU
- Confessions

ROSTAND
- Cyrano de Bergerac

ROWLING
- Harry Potter à l'école des sorciers

SAINT-EXUPÉRY
- Le Petit Prince
- Vol de nuit

SARTRE
- Huis clos
- La Nausée
- Les Mouches

SCHLINK
- Le Liseur

Schmitt
- La Part de l'autre
- Oscar et la
  Dame rose

Sepulveda
- Le Vieux qui
  lisait des romans
  d'amour

Shakespeare
- Roméo et Juliette

Simenon
- Le Chien jaune

Steeman
- L'Assassin
  habite au 21

Steinbeck
- Des souris et
  des hommes

Stendhal
- Le Rouge et
  le Noir

Stevenson
- L'Île au trésor

Süskind
- Le Parfum

Tolstoï
- Anna Karénine

Tournier
- Vendredi ou
  la Vie sauvage

Toussaint
- Fuir

Uhlman
- L'Ami retrouvé

Verne
- Le Tour
  du monde
  en 80 jours
- Vingt mille
  lieues sous
  les mers
- Voyage au
  centre de
  la terre

Vian
- L'Écume des jours

Voltaire
- Candide

Wells
- La Guerre des
  mondes

Yourcenar
- Mémoires
  d'Hadrien

Zola
- Au bonheur
  des dames
- L'Assommoir
- Germinal

Zweig
- Le Joueur
  d'échecs

ISBN version numérique : 978-2-8080-0766-5
ISBN version papier : 978-2-8080-0767-2
Dépôt légal : D/2017/12603/979

Avec la collaboration de Claire Mathot pour l'étude des personnages d'Haroun Ouled el-assasse et de Moussa Ouled el-assasse, ainsi que pour le chapitre « Le témoignage d'une époque ».

Conception numérique : Primento,
le partenaire numérique des éditeurs.

Ce titre a été réalisé avec le soutien de la Fédération Wallonie-Bruxelles, Service général des Lettres et du Livre.